아주아주 많은 달

루이스 슬로보드킨 그림 · 제임스 서버 글
황경주 옮김

시공주니어

옛날 옛날, 바닷가 어느 왕국에 레노어라는 어린 공주가 살았습니다.
레노어 공주는 열 살이었습니다.

어느 날, 공주는 나무딸기 파이를 잔뜩 먹고 배탈이 나서 자리에 눕게 되었어요. 궁중 의사가 와서 공주의 체온을 재고, 맥을 짚고, 혓바닥을 살펴보았습니다. 의사는 몹시 걱정이 되었습니다. 공주를 낫게 할 자신이 없었기 때문이죠. 의사는 시종에게 레노어 공주의 아버지인 왕을 모셔오라고 했습니다.

왕이 공주에게 말했습니다. "네가 원하는 것은 무엇이든 가져다 주마. 갖고 싶은 게 있느냐?"
공주가 대답했습니다. "달을 갖고 싶어요. 달을 가질 수만 있다면 곧 나을 것 같아요."
왕에게는, 왕이 원하는 것이라면 무엇이든 구해 주는 현명한 신하들이 많았습니다.
그래서 왕은 공주에게 달을 가져다 주겠다고 약속했지요.

왕은 알현실로 가서 종을 울렸습니다. 길게 세 번, 짧게 한 번. 그러자 곧 시종장이 알현실로 들어왔습니다.

덩치가 크고 뚱뚱한 시종장은 알이 아주 두꺼운 안경을 쓰고 있었습니다. 그 안경 덕분에 시종장의 눈은 실제보다 두 배는 더 커 보였지요. 두 배는 더 커 보이는 눈 때문에 실제보다 두 배는 현명해 보였고요.

왕이 분부를 내렸습니다. "그대가 달을 구해 오시오. 레노어 공주가 달을 갖고 싶어하오. 달을 가질 수만 있다면 공주는 다시 건강해질 거요."

"달? 달이라고 하셨사옵니까?" 시종장은 눈이 휘둥그래져서 소리쳤습니다. 그러자 더욱더 커진 눈 때문에, 시종장은 실제보다 네 배는 현명해 보였어요.

"그렇소, 달. 다-아-아-알, 달. 오늘 밤 안으로, 늦어도 내일까지는 달을 구해 오도록 하시오." 왕이 말했습니다.

시종장은 손수건으로 이마를 닦고, 코를 팽 풀었습니다. "폐하, 소신은 시종장으로 일하면서 폐하께 많은 것을 구해 드렸사옵니다. 우연히도, 지금 소신은 여태껏 소신이 폐하께 무얼 구해다 드렸는지 낱낱이 적은 목록을 가지고 있사옵니다." 시종장은 둘둘 말린 길다란 양피지 두루마리를 주머니에서 꺼냈어요. 시종장은 얼굴을 찡그리며 목록을 들여다보았지요. "그러니까 소신이 구해 드린 것이, 상아와 원숭이와 공작새, 루비와 오팔과 에메랄드, 검은 난초와 분홍 코끼리와 파란 푸들, 황금 빈대와 풍뎅이와 파리가 든 호박*, 벌새의 혓바닥과 천사의 깃털과 유니콘의 뿔, 거인과 난쟁이와 인어, 유향*과 용연향*과 몰약*, 음유 시인과 가수와 무희, 또 버터 450그램과 달걀 한 판과 설탕 한 포대…… 아이쿠, 황공하옵니다. 이건 제 아내가 써 놓은 것이었사옵니다."

*호박 나무의 진 따위가 땅에 묻혔다가 굳어져서 만들어진 광물의 일종으로, 누런 빛이 나며 장식용으로 쓰인다
*유향 열대식물인 감람나무에서 나온 액체를 말린 것으로, 향료나 약재로 쓰인다
*용연향 향유고래에서 얻어 내는 향료로, 사향과 비슷한 냄새가 난다
*몰약 아프리카에서 나는 감람나무에서 얻는 고무 수지로, 향료나 약재로 쓰인다

8

"파란 푸들은 기억에 없는데." 왕이 말했습니다.

"여기 바로 이 목록에 파란 푸들이라고 적혀 있고, 조그맣게 확인 표시도 되어 있사옵니다. 그러니까, 파란 푸들은 틀림없이 있었사옵니다. 단지 폐하께서 잊으신 것뿐이옵니다." 시종장이 대답했습니다.

"파란 푸들 이야기는 그만두시오! 지금 짐이 원하는 것은 달이오."

"폐하, 소신은 폐하께서 원하시는 것을 구하려고 그 머나먼 사마르칸트, 아라비아, 잔지바르까지도 사람을 보낸 적이 있사옵니다. 그러나 달은 말도 아니 되옵니다. 달은 5만6천 킬로미터나 떨어져 있고, 공주님께서 누워 계시는 방보다도 크옵니다. 더군다나, 달은 펄펄 끓는 구리로 되어 있사옵니다. 소신은 폐하께 도저히 달을 가져다 드릴 수 없사옵니다. 파란 푸들이라면 몰라도 달은 아니 되옵니다."

왕은 불같이 화를 내며 시종장더러 당장 물러가라고 했습니다. 그리고는 궁중
마법사를 들여보내라고 했지요. 궁중 마법사는 작고 마른 몸집에 얼굴이
길쭉했습니다. 궁중 마법사는 은색 별로 뒤덮인 높고 뾰족한 빨간 모자를 쓰고,
황금색 부엉이가 그려진 파란색 긴 겉옷을 입고 있었지요. 왕이 공주에게 줄 달을
구해 오라고 하자, 궁중 마법사의 얼굴은 창백해졌습니다. 하지만 왕은 궁중
마법사라면 달을 가져올 수 있으리라고 생각했습니다.

궁중 마법사가 말했습니다. "폐하, 소신은 궁중 마법사로 있으면서 폐하를 위해
수많은 마법을 부려 왔사옵니다. 우연히도, 지금 소신은 여태껏 소신이 폐하께
어떤 마법을 부려 드렸는지 낱낱이 적은 목록을 가지고 있사옵니다."

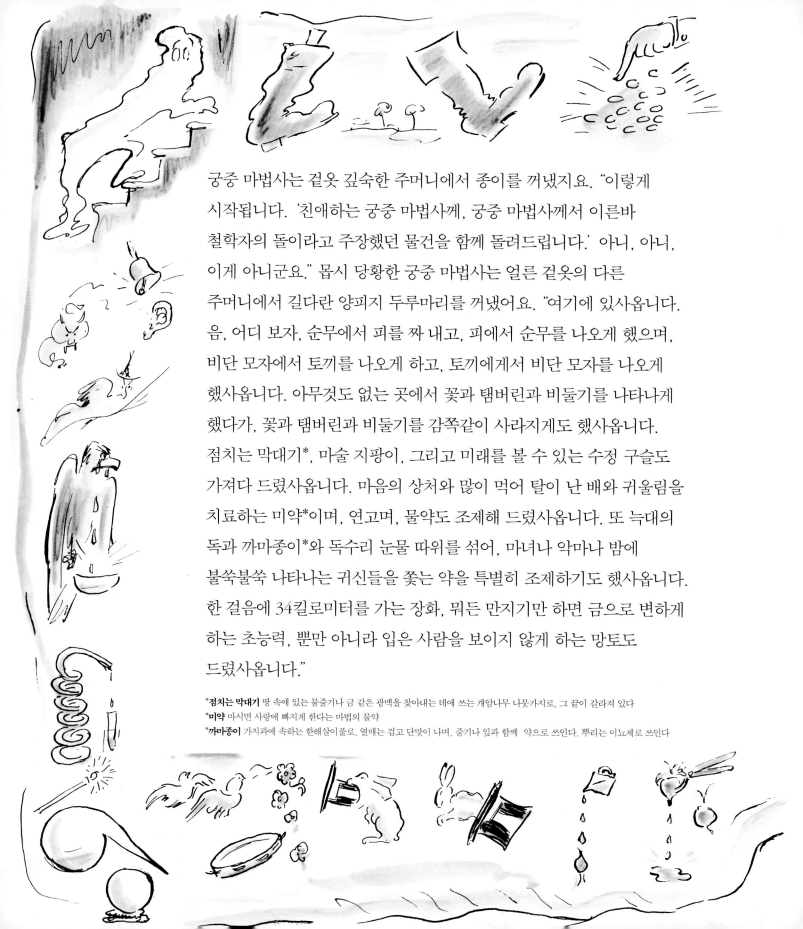

궁중 마법사는 겉옷 깊숙한 주머니에서 종이를 꺼냈지요. "이렇게 시작됩니다. '친애하는 궁중 마법사께, 궁중 마법사께서 이른바 철학자의 돌이라고 주장했던 물건을 함께 돌려드립니다.' 아니, 아니, 이게 아니군요." 몹시 당황한 궁중 마법사는 얼른 겉옷의 다른 주머니에서 길다란 양피지 두루마리를 꺼냈어요. "여기에 있사옵니다. 음, 어디 보자, 순무에서 피를 짜 내고, 피에서 순무를 나오게 했으며, 비단 모자에서 토끼를 나오게 하고, 토끼에게서 비단 모자를 나오게 했사옵니다. 아무것도 없는 곳에서 꽃과 탬버린과 비둘기를 나타나게 했다가, 꽃과 탬버린과 비둘기를 감쪽같이 사라지게도 했사옵니다. 점치는 막대기*, 마술 지팡이, 그리고 미래를 볼 수 있는 수정 구슬도 가져다 드렸사옵니다. 마음의 상처와 많이 먹어 탈이 난 배와 귀울림을 치료하는 미약*이며, 연고며, 물약도 조제해 드렸사옵니다. 또 늑대의 독과 까마종이*와 독수리 눈물 따위를 섞어, 마녀나 악마나 밤에 불쑥불쑥 나타나는 귀신들을 쫓는 약을 특별히 조제하기도 했사옵니다. 한 걸음에 34킬로미터를 가는 장화, 뭐든 만지기만 하면 금으로 변하게 하는 초능력, 뿐만 아니라 입은 사람을 보이지 않게 하는 망토도 드렸사옵니다."

*점치는 막대기 땅 속에 있는 물줄기나 금 같은 광맥을 찾아내는 데에 쓰는 개암나무 나뭇가지로, 그 끝이 갈라져 있다
*미약 마시면 사랑에 빠지게 한다는 마법의 물약
*까마종이 가지과에 속하는 한해살이풀로, 열매는 검고 단맛이 나며, 줄기나 잎과 함께 약으로 쓰인다. 뿌리는 이뇨제로 쓰인다

"그건 불량품이었소. 입은 사람을 보이지 않게 하는 망토 말이오." 왕이 말했습니다.

"정말 안 보이던데요." 궁중 마법사가 말했습니다.

"아니, 안 입었을 때나 입었을 때나 마찬가지로 여기저기에 부딪히게 되더군."

"그 망토는 입은 사람을 보이지 않게 해 주는 것이지, 여기저기에 부딪히는 걸 막아 주는 것이 아니옵니다."

"짐이 아는 건, 짐이 계속해서 여기저기에 부딪혔다는 것뿐이오."

궁중 마법사는 다시 목록을 들여다보았습니다. "어쨌든 계속하겠사옵니다. 요정 나라의 뿔, 샌드맨*의 모래, 무지개에서 난 황금, 거기다가 실 한 타래, 바늘 한 쌈, 밀랍 한 덩어리…… . 황공하옵니다, 이 물건들은 제 아내가 구해 달라고 써 놓은 것이었사옵니다."

*샌드맨 아이들 눈에 모래를 뿌려서 졸리게 만든다는 동화 속 요정

왕이 말했습니다. "짐이 지금 원하는 것은 달뿐이오. 레노어 공주는 달을 갖고
싶어하고, 달을 갖게 되면 공주는 건강을 되찾을 것이오."
"그 누구도 달을 가져올 수는 없사옵니다. 달은 24만 킬로미터나 떨어져 있고,
초록색 치즈로 되어 있으며, 크기도 이 궁전의 두 배는 되옵니다."
왕은 또 불같이 화를 내며, 궁중 마법사를 원래 살고 있던 동굴로 돌려 보냈습니다.
그리고 왕은 종을 울려서 궁중 수학자를 대령하게 했지요.
머리에 테 없는 모자를 쓰고 양쪽 귀 뒤에 연필을 꽂은 궁중 수학자가 들어왔습니다.
궁중 수학자는 대머리에다 눈이 아주 나빴지요. 궁중 수학자는 하얀 숫자 무늬가
있는 까만 옷을 입고 있었어요.

왕은 궁중 수학자에게 말했습니다. "짐은 1907년부터 그대가 짐을
위해서 계산해 준 모든 것들을 적은 긴 목록을 듣고 싶은 마음은 조금도
없소. 지금 짐은, 그대가 어떻게 레노어 공주에게 달을 가져다 줄 수
있는지 생각해 내기를 바랄 뿐이오. 달을 갖게 되면 공주는 다시
건강해질 거요."

궁중 수학자가 말했습니다. "소신이 1907년부터 폐하께 계산해 드렸던
모든 것들에 대한 이야기를 폐하께서 먼저 꺼내 주셔서 대단히
황송하옵니다. 우연히도 소신은 지금 그 목록을 가지고 있사옵니다."
궁중 수학자는 주머니에서 길다란 양피지 두루마리를 꺼내어
들여다보았어요. "음, 어디 보자. 소신은 폐하께 밤에서 낮, 그리고
에이 'a' 에서 지 'z' 까지의 거리를 계산해 드렸사옵니다. '위' 가 얼마나
위에 있는지, '멀리' 까지 가려면 얼마나 오래 걸리는지, 그리고
'사라지면' 어떻게 되는지도 밝혔사옵니다. 바다뱀의 길이, 터무니없는
가격의 가격, 그리고 하마의 면적을 알아냈사옵니다. 소신은 폐하께서
혼란스러워하실 때에 어디에 계시는지, '했다' 라고 하셔야 할 때에
'한다' 라고 하신 적이 몇 번이나 되는지, 그리고 바다 속의 소금으로
새를 몇 마리나 잡을 수 있는지 알고 있사옵니다. 알고 싶으시다면
말씀드리겠사옵니다. 1억8천7백 7십9만6천 1백3십2마리이옵니다."

"새가 그렇게 많지는 않소." 왕이 말했습니다.

"그렇게 많은 새가 있다고는 말씀드리지 않았사옵니다. 만약에 새가 그렇게 많다면, 그럴 수도 있다는 말씀이옵니다." 궁중 수학자가 대답했습니다.

"상상의 새 7억 마리 이야기는 듣고 싶지 않소. 짐은 그대가 레노어 공주에게 달을 가져다 주길 바랄 뿐이오."

"달은 48만 킬로미터나 떨어져 있사옵니다. 달은 동전처럼 둥글고 납작하며, 석면으로 되어 있고, 크기가 이 나라의 절반만하옵니다. 더군다나, 하늘에 꼭 붙어 있사옵니다. 그러므로 그 누구도 달을 구해 올 수는 없사옵니다."

왕은 이번에도 불같이 화를 내며 궁중 수학자를 멀리 보내 버렸어요. 그리고서 왕은 종을 울려 궁중 어릿광대를 불렀지요. 알록달록한 옷에 방울 달린 모자를 쓴 궁중 어릿광대가 팔짝팔짝 알현실로 뛰어 들어와서 왕좌의 발치에 앉았습니다.

"폐하, 왜 그러십니까?"

왕은 슬픔에 잠겨서 말했습니다. "짐의 부탁을 들어줄 사람이 아무도 없구나. 레노어 공주가 달을 갖고 싶어하느니라. 달을 구해 주어야 공주가 나을 텐데……. 그러나 공주에게 달을 가져다 줄 수 있는 사람은 아무도 없어. 짐이 신하들을 불러 달을 가져오라고 할 때마다, 달은 점점 커지고, 점점 멀어지더구나. 네가 지금 해 줄 수 있는 일은 류트*를 켜는 것뿐이다. 무엇이든 구슬픈 곡으로."

궁중 어릿광대가 물었습니다. "달이 얼마나 크고, 얼마나 멀리 있다고 했습니까?"

"시종장은 달이 5만6천 킬로미터 떨어져 있고, 레노어 공주의 방보다 크다고 했느니라. 궁중 마법사는 달이 24만 킬로미터 떨어져 있고, 이 궁전의 두 배는 된다고 했고, 궁중 수학자는 달이 48만 킬로미터나 떨어져 있고, 이 나라의 절반만하다고 하더구나."

왕의 대답을 들은 궁중 어릿광대는, 잠시 류트를 켜다가 다시 말했어요. "그분들은 모두 현명한 신하들입니다. 그러니까 그분들 말이 모두 맞을 겁니다. 그렇다면, 달은 그분들이 각자 생각하는 것만큼 크고, 또 그분들이 각자 생각하는 것만큼 멀리 있을 겁니다. 그러니 일단, 레노어 공주님께서는 달이 얼마나 크다고 생각하시는지, 또 달이 얼마나 멀리 있다고 생각하시는지 알아보는 것이 좋을 듯합니다."

"그 생각을 미처 못했구나." 왕이 고개를 끄덕이며 말했습니다.

*류트 16세기 경에 유럽에서 유행했던 기타 비슷한 현악기

궁중 어릿광대가 말했습니다. "폐하, 제가 가서 공주님께 여쭤 보겠사옵니다."
궁중 어릿광대는 살그머니 레노어 공주의 방으로 들어갔어요.
마침 깨어 있던 레노어 공주는 궁중 어릿광대를 보고 기뻐했습니다.
하지만 공주의 얼굴은 아주 창백했고, 목소리도 아주 가냘폈습니다.
"달을 가지고 왔니?"

"아직 못 가져왔습니다. 하지만 제가 곧 달을 가져다 드릴게요. 그런데 공주님,
공주님은 달이 얼마나 크다고 생각하세요?"
"내 엄지손톱보다 조금 작아. 내가 달을 향해 엄지손톱을 대 보면 딱 가려지거든."
공주가 대답했어요.
"그러면 달은 얼마나 멀리 있나요?"
"내 방 창문 밖에 있는 큰 나무만큼도 높이 있지 않아. 어떤 때는 나뭇가지
꼭대기에 달이 걸려 있기도 하니까."

"그러면 공주님께 달을 가져다 드리는 일은 무척 쉽겠네요. 오늘 밤에 나뭇가지 꼭대기에 달이 걸리면, 제가 나무에 기어 올라가서 공주님께 그 달을 가져다 드릴게요."
궁중 어릿광대는 잠깐 무엇인가 생각해 보더니 다시 물었어요.
"공주님, 달은 무엇으로 만들어져 있나요?"
공주가 대답했지요. "당연히 금으로 만들어졌지. 그것도 몰라? 바보처럼."

궁중 어릿광대는 레노어 공주 방에서 나와 궁중 금 세공인을 찾아갔습니다. 궁중 어릿광대는 궁중 금 세공인에게 레노어 공주의 엄지손톱보다 조금 작고 동그란 황금 달을 만들어 달라고 했습니다. 공주가 황금 달을 목에 걸 수 있도록 황금 줄도 만들어 달라고 했고요.

궁중 금 세공인은 궁중 어릿광대가 부탁하는 대로 황금으로 달과 줄을 만들고 나서 물었습니다. "그런데 이게 도대체 뭐요?"

궁중 어릿광대는 대답했지요. "달이지요. 당신은 달을 만든 겁니다."

궁중 금 세공인이 말했어요. "그렇지만, 달은 80만 킬로미터나 떨어져 있고, 청동으로 되어 있는 데다가, 구슬처럼 둥근데요."
"그건 당신 생각이지요." 그러고서 궁중 어릿광대는 공주에게 달려갔습니다.
궁중 어릿광대는 공주에게 달을 주었습니다. 공주는 무척이나 기뻐했어요. 이튿날 공주는 다시 건강해졌고, 침대에서 일어나 정원으로 놀러 나갈 수도 있게 되었지요.

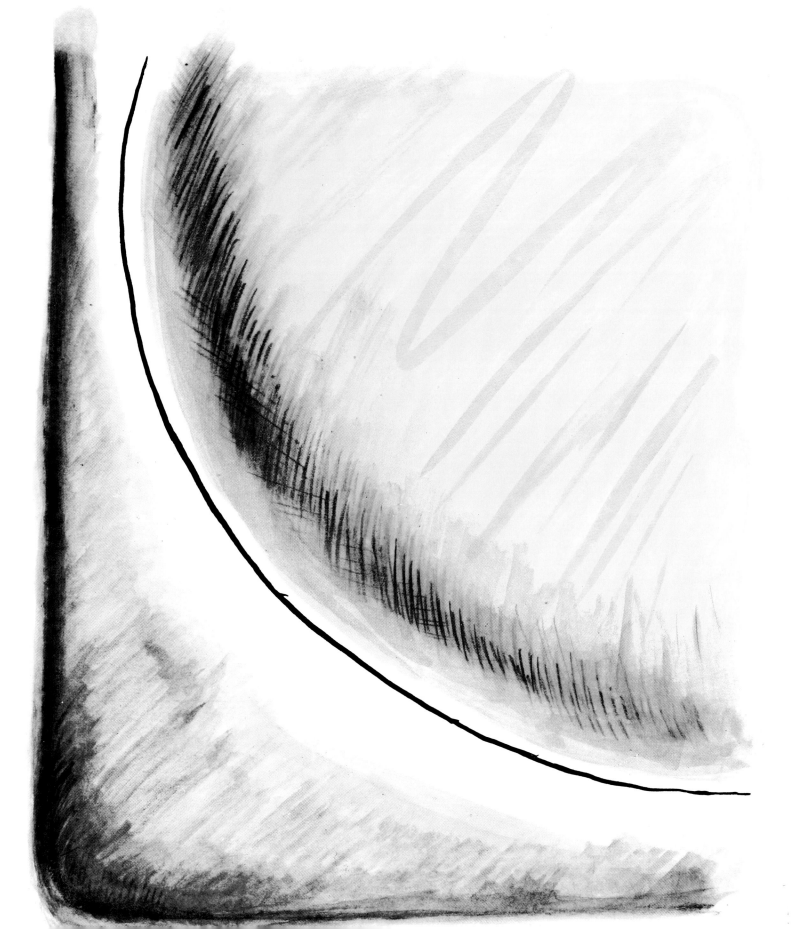

하지만 왕은 또 걱정이 되었습니다. 밤이 되면 다시 달이 떠오를 텐데, 레노어 공주가 그 달을 보면 어떻게 하나……. 왕은 걱정이 태산같았지요. 공주가 달을 보면, 자기가 목에 걸고 있는 달이 진짜가 아니란 걸 알게 될 테니까요.

왕은 시종장을 불러들였습니다. "오늘 밤 하늘에 빛나고 있는 달을 공주가 보아서는 안 되오. 어서 꾀를 짜 보시오."

시종장은 손가락으로 이마를 두드리며 골똘히 생각해 보았습니다. "좋은 수가 있사옵니다. 레노어 공주님께 까만 안경을 만들어 드리는 것이옵니다. 아주 까맣게 만들면 공주님께서는 아무것도 볼 수 없으실 것이옵니다. 그러면 하늘에서 달이 빛나고 있어도, 공주님께서는 달을 보지 못하시게 되옵니다."

시종장의 말을 들은 왕은 무척 화가 났습니다. 왕은 고개를 절레절레 저었지요. "그 까만 안경을 끼면 공주는 여기저기에 부딪히게 될 것이오! 그러면 다시 병이 들고 말 거란 말이오!" 왕은 시종장을 쫓아보내고 궁중 마법사를 대령하게 했습니다.

왕이 말했습니다. "달을 감춰야 하오, 레노어 공주가 오늘 밤 하늘에서 빛나는 달을
보지 못하게 말이오. 어찌 하면 좋겠소?"

궁중 마법사는 바닥에 손을 짚고 물구나무를 서더니, 머리를 대고 물구나무를
섰다가, 이윽고 다시 두 발로 똑바로 섰습니다. "좋은 방법을 생각해 냈사옵니다.
기둥을 박고 검정 벨벳 커튼을 치는 것이옵니다. 그 커튼은 서커스 천막처럼 궁전
정원을 완전히 가릴 것이고, 그러면 공주님은 정원을 내다보시지 못할 것이옵니다.
당연히 하늘의 달도 볼 수 없으시옵니다."

왕은 너무 화가 나서 팔을 휘저으며 말했습니다. "검정 벨벳 커튼은 공기도 막아
버릴 거요! 그러면 레노어 공주는 숨도 쉬지 못할 테고, 결국 다시 병이 들 거요!
당장 나가시오!" 왕은 궁중 마법사를 내쫓고 궁중 수학자를 불러들였어요.

왕이 말했습니다. "오늘 밤 하늘에서 빛나는 달을 레노어 공주가 보지 못하게 손을
써야 하오. 그대가 정말 똑똑하다면, 어떻게 해야 좋을지 어서 말해 보시오."
궁중 수학자는 원을 그리며 걷다가, 사각형을 그리며 걷더니, 우뚝 멈춰 섰습니다.
"바로 이것이옵니다! 매일 밤 정원에서 불꽃놀이를 하는 것이옵니다. 은빛 분수와
금빛 폭포처럼 하늘을 가득 채우면서 폭죽을 터뜨리면, 하늘이 대낮처럼 밝아질
테고, 레노어 공주님은 달을 볼 수 없으실 것이옵니다."
왕은 더욱 화가 나서 펄쩍펄쩍 뛰었습니다. "불꽃놀이 때문에 레노어 공주가
어떻게 잠을 잘 수 있단 말이오? 한숨도 못 잘 거요! 잠을 못 자서 다시 병이 들고
말 거요!" 왕은 궁중 수학자를 내쫓았습니다.

왕은 한숨을 쉬며 밖을 내다보았습니다. 밖은 어둑어둑했고, 지평선으로 달의 환한 가장자리가 살짝 엿보이고 있었지요. 왕은 화들짝 놀라서 벌떡 일어났습니다. 그리고는 종을 울려 궁중 어릿광대를 불렀어요. 궁중 어릿광대는 폴짝폴짝 뛰어 들어와서 왕좌의 발치에 앉았습니다.

"폐하, 부르셨습니까?"

왕은 구슬프게 말했습니다. "아무도 짐의 걱정을 덜어 주지 못하는구나. 달이 다시 뜨고 있느니라. 달은 레노어 공주의 방에도 비칠 테고, 공주는 달이 제 목에 걸려 있는 게 아니라 여전히 하늘에 떠 있다는 것을 알게 될 게야. 류트를 켜 다오, 아주 슬픈 곡으로. 공주가 달을 보면 다시 병이 들고 말 테지."

궁중 어릿광대는 건성으로 류트를 켜면서 물었습니다. "현명한 신하들께서는 뭐라고들 하시던가요?"

"레노어 공주를 병들지 않게 하면서 달을 감추는 방법은 누구도 생각해 내지 못하더구나."

궁중 어릿광대는 아주 부드럽게 다른 곡을 켰습니다. "폐하의 현명한 신하들은 무엇이든 알고 있습니다. 그분들이 달을 숨기지 못한다면, 달은 숨길 수 없는 겁니다."

왕은 두 손으로 머리를 움켜쥐고 한숨을 푹 내쉬었습니다. 갑자기 왕이 벌떡 일어나더니 창 밖을 가리키며 외쳤어요. "저기! 달이 벌써 레노어 공주의 방을 비추고 있다. 공주 목에 황금 달이 걸려 있는데, 어떻게 하늘에서 달이 빛날 수 있는지, 도대체 누가 설명해 준단 말인가?"

궁중 어릿광대는 류트를 멈췄습니다. "폐하의 현명한 신하들이 달은 너무 크고 너무 멀리 있다고 할 때에, 달을 가져올 수 있는 방법을 누가 설명해 주었습니까? 바로 레노어 공주님이셨습니다. 그러니까 폐하의 현명한 신하들보다 더욱더 현명하고, 달에 대해서도 더욱더 많이 알고 계신 분은, 바로 레노어 공주님이십니다. 제가 공주님께 여쭤 보겠습니다."

미처 왕이 말리기도 전에, 궁중 어릿광대는 알현실을 얼른 빠져 나와 넓은 대리석
계단을 뛰어올라 레노어 공주의 방으로 들어갔지요.

공주는 침대에 누워 있었지만 잠을 자고 있지는 않았습니다. 공주는 말똥말똥 눈을
뜨고 창 밖 하늘에서 빛나는 달을 쳐다보고 있었어요. 궁중 어릿광대가 가져다 준
달은 공주의 손에서 반짝반짝 빛나고 있었지요. 궁중 어릿광대는 슬펐습니다.
눈에서는 곧 눈물이 흐를 것만 같았지요.
궁중 어릿광대는 구슬프게 말했습니다. "말씀해 주세요, 레노어 공주님. 공주님의
목에 달이 걸려 있는데, 어떻게 하늘에서 또 달이 빛날 수 있죠?"

공주는 궁중 어릿광대를 바라보고 웃었습니다.
"그건 간단하지, 이 바보야. 이를 빼면 그 자리에 새 이가 나잖아, 안 그래?"
궁중 어릿광대가 말했습니다. "물론이죠. 유니콘이 숲에서 뿔을 잃어 버려도 이마
한가운데에서 새 뿔이 자라죠."
"맞아, 궁중 정원사가 정원에 있는 꽃을 잘라도 그 자리에 또 새 꽃이 피잖아."

궁중 어릿광대가 말했습니다. "미처 그 생각을 못했습니다. 그러니까 해도
마찬가지겠네요."
레노어 공주가 말했습니다. "달도 그래. 난 뭐든지 그럴 거라고 생각해." 공주의
목소리가 차츰차츰 느려지더니 점점 작아졌습니다. 공주는 잠이 들었지요. 궁중
어릿광대는 잠든 공주에게 이불을 덮어 주었습니다.

공주의 방을 나오기 전에, 궁중 어릿광대는 창가로 가서 달을 향해 윙크를
했습니다. 달이 꼭 자기를 보고 윙크를 하는 것만 같았거든요.

루이스 슬로보드킨(1903~1975)

뉴욕에서 미술학교를 졸업한 후, 조각가와 일러스트레이터로 활동했다. 1944년《아주아주 많은 달》로 칼데콧 상을 수상하였다.
마흔 살이 넘으면서는 동화를 쓰기 시작하였는데, 《마법의 미카엘》, 《사과나무 아래의 우주선》, 《3인승 우주선》 등 익살스러운 작품들이 많다.

제임스 서버(1894~1961)

급속도로 변해가는 문명세계에 철저한 반감을 지니고 있었다. 그리하여 수많은 작품들을 통해 문명에 의해 몰개성적인 인격체로 파괴되어가는
인간들을 통렬하게 풍자하였다. 《아주아주 많은 달》 외에도 《거인 퀼로》, 《하얀 사슴》 등 의미있는 어린이책들을 많이 썼다.

황경주

충남대학교 의류학과를 졸업하고, 지금은 영화잡지 '로드쇼' 기자로 일하고 있다.

아주아주 많은 달

지은이 / 루이스 슬로보드킨(그림), 제임스 서버(글)
옮긴이 / 황경주
초판 제1쇄 발행일 / 1998년 1월 30일
초판 제7쇄 발행일 / 2003년 9월 10일
발행인 / 전재국 발행처 / (주)시공사
주소 / 137-070 서울시 서초구 서초동 1628-1
전화 / 영업 598-5601 편집 588-3121
인터넷 홈페이지 www.sigongsa.com

First published in the United States under the title
MANY MOONS
by James Thurber, illustrated by Louis Slobodkin.
Copyright © 1943 by James Thurber
Copyright renewed 1970 by Helen Thurber
All rights reserved.
Korean translation copyright © 1996 by Sigongsa Co., Ltd.
This Korean edition was published by arrangement with
Harcourt Brace & company through KCC, Seoul.

ISBN 89-7259-481-4 77840